Flagrante delirio

Commedie in italiano

Strip-Poker

Prognosi riservata

Un piccolo omicidio senza conseguenze

Venerdì 13

JEAN-PIERRE MARTINEZ

Flagrante delirio

Traduzione di Annamaria Martinolli

La Comédiathèque
comediatheque.net

Personaggi

Commissario Nientefo (uomo o donna)
Ispettore Bordellon (uomo o donna)
Commissario Raminguez (uomo o donna)
Commissario capo Cul-de-sac (uomo o donna)
Barone Van Truffet (uomo o donna travestita)
Baronessa Van Truffet (donna o uomo travestito)

© La Comédiathèque
ISBN 978-2-37705-827-3

Atto primo

Un ufficio vecchiotto in un commissariato vecchia maniera. Arredamento sommario e desueto. L'ispettore Bordellon sta russando, accasciato sul tavolo, dietro una bottiglia di whisky. Arriva il commissario Nientefo. Senza neanche guardare Bordellon, si toglie l'impermeabile e lo appende all'appendiabiti. Si accomoda all'altra scrivania e inizia a leggere una di quelle riviste per pensionati il cui titolo è incentrato su un argomento deprimente (esempio: Pensione e depressione, Servizi funebri: grandi occasioni). Visibilmente poco avvezzo a questo tipo di lettura, assume un'aria scettica. Il telefono fisso, di un'altra epoca, che troneggia sulla sua scrivania, inizia a squillare. Bordellon esce lentamente dal torpore. Nientefo risponde.

Nientefo   – Nientefo. Buongiorno… No, il commissario Raminguez purtroppo ci ha lasciati.

Il commissario capo Cul-de-sac entra in ufficio con una corona di fiori recante la scritta "Al nostro compianto collega e amico".

Nientefo (*lanciando uno sguardo verso la corona*) – Sì, credo che per sempre sia la parola giusta… No, non mi ha parlato della faccenda prima della sua partenza… Ma certo, non ne avrà avuto il tempo… Nessun problema, passi quando vuole.

Nientefo riaggancia. Cul-de-sac posa la corona contro la scrivania di Nientefo.

Cul-de-sac – Buongiorno, Nientefo.

Bordellon – Signor commissario capo…

Cul-de-sac lancia uno sguardo di disapprovazione verso Bordellon che sta tornando in sé.

Cul-de-sac – Ispettore…

Nientefo (*leggendo*) – "Al nostro compianto collega e amico". Cul-de-sac ma questa è una follia, non era necessario!... Dopotutto, vado solo in pensione.

Bordellon si alza e compie qualche passo incerto.

Cul-de-sac – Andiamo, Nientefo… è per il commissario Raminguez… Il funerale era stamattina… Un gesto bisognava pur farlo.

Nientefo – Ah, certo, Raminguez… Stamattina?... E lei si è portata indietro la corona?

Bordellon si avvicina alla corona e la tasta.

Bordellon – Sbaglio o sono fiori finti?

Nientefo – Oh, è vero. Sono ben fatti, no? Sembrano veri.

Cul-de-sac – Il vantaggio, con i fiori finti, è che sono eterni. Come i nostri rimpianti. E quindi si possono riciclare…

Nientefo – Sicuro… E siccome sulla corona non c'è il nome… sono anche pratici.

Cul-de-sac – Come lei ben sa, il budget della polizia quest'anno ha subito ulteriori pesanti tagli nel tentativo di ridurre il deficit abissale del paese.

Nientefo – Finte corone da morto… È proprio ora che lasci la polizia… Poco ci manca che ci equipaggino con pistole ad acqua e falsi giubbotti antiproiettile.

Bordellon (*borbottando*) – Basta che mi lascino bere vero whisky…

Bordellon cerca di far sparire la bottiglia. Cul-de-sac gli lancia uno sguardo scocciato, ma preferisce non reagire.

Cul-de-sac – E così, commissario, oggi è il suo ultimo giorno! Sta già pensando cosa farà da pensionato?

Nientefo (*indicando le riviste*) – Cerco di documentarmi un po' leggendo riviste specializzate. Per il momento, mi è solo venuta voglia di suicidarmi.

Cul-de-sac – Non faccia così! È ancora giovane. Sarebbe potuto restare con noi ancora qualche anno. Cosa la costringe ad andarsene, se ha tanta paura di annoiarsi?

Nientefo – Il pubblico non va tediato, Cul-de-sac. (*Con ironia*) Preferisco uscire di scena all'apice della gloria…

Il suo telefono torna a squillare.

Nientefo (*rispondendo*) – Nientefo! Sì, capo… Benissimo, capo… Arrivederci, capo… (*Riaggancia*) Era il capo.

Cul-de-sac – Per porgerle le felicitazioni prima del meritatissimo pensionamento, suppongo.

Nientefo – Più che altro voleva assicurarsi che domani non sarò più in ufficio… e che non mi porti via qualche dossier compromettente.

Bordellon – Compromettente per chi?

Nientefo – Ha altro da dirmi, commissario capo? Forse un ultimo incarico da affidarmi?

Cul-de-sac – No, Nientefo… La giornata si preannuncia tranquilla. Avrà tutto il tempo di preparare con calma la sua roba.

Nientefo si alza e afferra la corona.

Nientefo – Per prima cosa, vado a mettere questa in magazzino. In attesa di una nuova occasione per far prendere aria ai fiori.

Bordellon – Sì, perché uno potrebbe sempre pensare che il morto sia lei.

Nientefo esce con la corona.

Cul-de-sac – A che ora è prevista la bicchierata d'addio in suo onore?

Bordellon – Alle diciotto… Dopo la fine del servizio.

Cul-de-sac – Perfetto. Non gli ha detto niente, spero? Deve trattarsi di una sorpresa.

Bordellon – In teoria, non sospetta nulla… Ma non è facile nascondere qualcosa a un grande poliziotto come lui.

Cul-de-sac – Una bicchierata senza alcolici, mi raccomando! Conosce le nuove disposizioni…

Bordellon – Stia tranquilla, Cul-de-sac. Non bevo mai quando non sono in servizio… Abbiamo sostituito lo champagne con succo d'uva.

Cul-de-sac – Che è altrettanto buono… e costa molto meno. Piuttosto, dove ha imboscato le bottiglie per evitare che le veda? Non in magazzino, mi auguro.

Bordellon – Le ho messe al fresco. In un posto dove non riuscirà neanche lontanamente a trovarle.

Cul-de-sac – E cioè?

Bordellon – Nella cella frigorifera dell'obitorio.

Cul-de-sac – Dovevo immaginarmelo… Bene, la lascio al suo lavoro. E visto che neanche lei mi sembra oberato, se potesse dare una sistemata a questo bordello, Bordellon…

Bordellon – Sì, commissario capo.

Cul-de-sac – Il procuratore sarà qui, stasera, per la bicchierata d'addio. Non vorrei che avesse una cattiva impressione…

Bordellon – Come no, commissario capo.

Cul-de-sac esce.

Bordellon – Mi sembra di sentire mia madre quando mi diceva di mettere in ordine la cameretta.

Entra Conchita Raminguez e lancia un'occhiata verso Bordellon, impegnato a versarsi un bicchiere raso di whisky per riprendersi.

Bordellon – Decisamente, non c'è verso di restare in pace per cinque minuti.

Raminguez – Mi scusi se la interrompo nel suo lavoro.

Bordellon – La prossima volta, ragazzina, si annunci al piantone, giù all'ingresso. Come posso aiutarla?

Raminguez – Sono il commissario Raminguez.

Bordellon – Se lei è Raminguez, io sono Santa Teresa d'Avila.

Raminguez – Sono desolata, Santa Teresa, l'avevo scambiata per un poliziotto.

Bordellon – Il commissario Raminguez l'abbiamo sepolto stamattina.

Raminguez – Sì. E lei non è nemmeno venuto in chiesa.

Torna Nientefo, sempre con la corona.

Nientefo – In magazzino non c'è più posto… Andrà meglio quando avrò tolto le mie cose… Nel frattempo la piazzo qua…

Posa la corona e getta un'occhiata verso Raminguez.

Nientefo – Signorina… in cosa posso aiutarla?

Bordellon – Si faccia due risate, commissario… La qui presente sostiene di essere il commissario Raminguez.

Nientefo – Senti, senti. Fino a oggi non avevo mai creduto alla reincarnazione. Ma stando così le cose, al cambio ci guadagniamo, vero Bordellon? Perché l'ultima volta che abbiamo visto il commissario Raminguez aveva molto meno sex-appeal di lei, mi creda!

Bordellon – Detto tra noi, lo chiamavamo Quasimodo.

Cul-de-sac ritorna.

Cul-de-sac – Ah, commissario, è già qui? Signori, vi presento il commissario Conchita Raminguez. È la figlia del nostro compianto collega, a cui abbiamo reso omaggio stamattina prima di seppellirlo.

Nientefo – Sta scherzando?

Bordellon – Adesso che lo dice… È vero, c'è in lei come un'aria di famiglia.

Nientefo (*porgendo la mano a Raminguez*) – Commissario Nientefo. Le mie più sentite condoglianze… Mi dispiace di non aver potuto assistere alla cerimonia, ma è il mio ultimo giorno di lavoro e…

Cul-de-sac – Per l'appunto, commissario… Mi sono dimenticata di dirle che sarà la signorina Raminguez, da domani, a occupare la sua scrivania. Quella stessa scrivania che lei aveva già condiviso con il padre.

Nientefo – Se è un affare di famiglia, allora…

Cul-de-sac – Riduzione dell'organico. Sostituzione di un funzionario su due che vanno in pensione o finiscono al cimitero. Conosce il ritornello...

Nientefo – Quindi il commissario Raminguez sostituirà sia me che il padre...

Cul-de-sac – Sono sicura che questa ragazza, da poco laureata, è ben qualificata per sostituire due poliziotti esperti. Anche se ovviamente nessuno può sostituire un commissario come lei, vero Nientefo?

Nientefo – Come dice il poeta... la donna è il futuro dell'uomo.

Raminguez – La ringrazio per la calorosa accoglienza.

Cul-de-sac – Ve la rubo cinque minuti, ho qualche documento da farle firmare per la sua nuova assegnazione qui. Poi, Nientefo, lei sarà così gentile da aggiornare la signorina sui casi in corso.

Nientefo – Con piacere, signor commissario capo.

Raminguez – Grazie per la corona, il gesto mi ha profondamente commosso.

Bordellon cerca di farla sparire.

Cul-de-sac – Suo padre era un poliziotto. È morto servendo il paese... Viene con me?

Cul-de-sac esce con Raminguez.

Bordellon – Servendo il paese... È morto al ristorante durante la pausa pranzo per una cozza che gli è andata di traverso.

Nientefo – La vera domanda è: cosa diavolo viene a fare qui la zoccolona? Uno sbirro non è un notaio. Nessun figlio eredita il grado del padre.

Bordellon – Forse la figlia vuole riprendere la fiaccola che il padre si è fatto sfuggire di mano nella sua caduta…

Nientefo – Attento, Bordellon, il whisky la rende teatrale. Però ha ragione. Morto al servizio del paese… Stando così le cose, se domani lei muore di cirrosi epatica, le daranno una medaglia al valore postuma per aver contribuito all'aumento dell'accisa sugli alcolici.

Bordellon – È vero, capo. Anch'io, da un po' di tempo, percepisco segnali premonitori di un'apocalisse imminente. Ad esempio, è decisamente insolito morire per una cozza andata di traverso. Anzi, lo definirei addirittura strambo.

Nientefo – Strambo?... Cosa sta insinuando? Non starà anche lei pensando alla teoria del complotto? Ha forse una valida ragione per sospettare gli ostricoltori di avercela con la polizia?

Bordellon – Miticoltori, capo. Gli ostricoltori allevano ostriche.

Nientefo – Bene, la ascolto.

Bordellon – Lo scenario, secondo me, è questo: la figlia non ha mai creduto alla tesi dell'incidente… ed è per chiarirne la dinamica che si è fatta assegnare allo stesso commissariato del padre, il giorno della sua sepoltura.

Nientefo – E cosa glielo fa pensare?

Bordellon – Non lo so… Ho già visto qualcosa di simile in una serie poliziesca.

Nientefo – Le ho già detto, Bordellon, che lei guarda troppa televisione. Spero almeno che non mi abbia organizzato una bicchierata d'addio a sorpresa. La avverto, io odio le sorprese. E non c'è nulla di più simile a un funerale di una bicchierata d'addio.

Bordellon – Stia tranquillo, commissario. Le sue ultime volontà saranno rispettate. Se ne andrà senza fiori né corona…

Raminguez ritorna.

Nientefo – Ah, commissario Raminguez… Stavamo giusto ricordando il suo defunto padre.

Bordellon – E le eroiche circostanze della sua morte.

Nientefo gli lancia uno sguardo di riprovazione.

Raminguez – Vedo solo due scrivanie… Dove mi sistemo?

Nientefo – Per oggi, io e lei ci divideremo la mia. Domani, sarà tutta sua, non si preoccupi.

Bordellon – Naturalmente, c'è un po' di pulizia da fare, mia cara.

Raminguez – Se permette, ispettore, preferisco che mi chiami commissario Raminguez.

Bordellon – Ma certo, commissario.

Raminguez si avvicina alla scrivania di Nientefo.

Raminguez – Non ha un computer?

Nientefo – Cosa vuole, commissario… sono un poliziotto all'antica… Quando ho iniziato la carriera, le nuove tecnologie erano la calcolatrice elettronica e la macchina da scrivere elettrica.

Raminguez – Capisco.

Nientefo – Stasera me ne vado. Non vale più la pena cambiare adesso i miei metodi di lavoro.

Raminguez – Chiederò a Le-sac di trovarmi un computer da ufficio.

Bordellon – Il nome esatto del commissario capo è Cul-de-sac. Ci tiene molto al suo Cul.

Nientefo – Vuole un caffè?

Bordellon – A meno che la signorina non preferisca un tè… (*Lei lo fulmina con lo sguardo*) Voglio dire, a meno che il commissario Raminguez non preferisca un tè.

Raminguez – Un caffè andrà benissimo.

Nientefo le serve il caffè in una tazza con un disegno ridicolo che le porge come fosse il Sacro Graal.

Nientefo – Tenga, era la tazza di suo padre… Credo gliel'avrebbe tramandata personalmente con orgoglio, se solo ne avesse avuto il tempo.

Raminguez – Grazie, cercherò di esserne degna.

Nientefo – Bordellon, un caffè?

Bordellon – Volentieri. Con una zolletta e una spruzzata di latte, per cortesia.

Nientefo serve Bordellon. Tutti quanti bevono un sorso di caffè e fanno una smorfia.

Nientefo – Se vuole il mio parere, Raminguez, equipaggiare ogni commissariato con una macchina per l'espresso sarebbe una bella riforma per la polizia.

Bordellon versa una goccia di whisky nel caffè. Raminguez se ne accorge.

Raminguez – Certo… Io suggerirei anche una macchina per l'alcool-test.

Silenzio imbarazzato. Ognuno finisce il suo caffè. La baronessa Margherita Van Truffet entra nella stanza.

Margherita – Il commissario Nientefo?

Nientefo – Fino a stasera sono io.

Margherita – Commissario, vengo a segnalarle la morte di mio marito.

Bordellon – A quanto pare gli affari riprendono…

Nientefo – La prego, si accomodi.

Margherita si siede.

Nientefo – Mi dica innanzitutto chi è lei, cara signora.

Nientefo fa segno a Bordellon di avvicinarsi per assisterlo.

Bordellon – Nome, cognome, età, titolo… se ne ha uno.

Nientefo gli lancia un'occhiata di riprovazione, mentre Margherita lo fulmina con lo sguardo.

Nientefo – Se non ha titoli, ci basta la professione.

Margherita – Baronessa Margherita Van Truffet quinta.

Nientefo (*a Raminguez*) – Commissario, se vuole raggiungerci…

Raminguez – Conchita Raminguez quinta, commissario della Repubblica.

Bordellon (*alla Baronessa*) – Età, titolo… o professione?

Margherita – La mia età non sono affari vostri. Mi pregio inoltre di appartenere a un gruppo di persone titolate che non hanno alcun bisogno di svolgere una professione.

Nientefo – Magnifico… Può almeno dirci il nome del suo defunto marito?

Margherita – Enrico-Bernardo Van Truffet.

Bordellon – Professione?

Margherita – Non mi dica che non ha mai sentito questo nome?

Nientefo – Sa com'è, nel nostro mestiere si incontra così tanta gente…

Bordellon – E se uno non è schedato…

Margherita – I Van Truffet non sono schedati, hanno solo quarti di nobiltà. Io ne ho cinque.

Bordellon – Cinque quarti? Le pare possibile capo?

Nientefo – Credo sia come avere quattro quarti, con un quarto in più.

Raminguez – Che ne dice di tornare al motivo per cui è qui, signora? Dove ha trovato suo marito?

Margherita – Intende, dopo che è morto?

Raminguez – Beh… sì.

Margherita – Nel seminterrato del nostro villino, nella zona fitness.

Bordellon – Figo…

Margherita – Nella sauna.

Nientefo – Nella sauna?

Margherita – Un terribile incidente, commissario.

Raminguez – Ed è sicura che sia morto?

Margherita – Ieri sera non mi sono accorta della sua scomparsa. La Jaguar non era nel garage. Credevo fosse uscito. È stato solo stamattina che…

Raminguez – Stamattina?

Margherita – Ormai è da dodici ore che sta nella sauna.

Bordellon – Dunque, lei è sicura che sia morto?

Margherita – Non saprei, è difficile da dire. Dall'oblò si vede solo condensa, e poi ci sono segni di unghiate sul vetro. Ma credo che nessuno possa sopravvivere a dodici ore di sauna. Mio marito era anche debole di cuore.

Raminguez – E non ha provato a tirarlo fuori?

Margherita – A quanto sembra, la porta è bloccata. Con il calore si sarà gonfiata… Con quello che mi costa chiamare un tecnico, ho preferito venire qui.

Nientefo – Ha fatto benissimo, signora… L'ispettore Bordellon l'accompagnerà nell'ufficio accanto per raccogliere la sua deposizione. Manderemo qualcuno a casa sua per accertare i fatti.

Margherita – Grazie, commissario.

Bordellon – Signora baronessa, se vuole farmi la cortesia…

Bordellon esce con Margherita.

Nientefo – Una baronessa… solo questo ci mancava.

Raminguez – Cosa pensa di questo caso, Nientefo?

Nientefo – Caso? Quale caso? Le premesse per un incidente domestico ci sono tutte, no?

Raminguez – Non so… Questa storia della sauna non mi convince.

Nientefo – Certo è insolito, ma comunque. Morire per un attacco di cuore in una sauna o per una cozza andata di traverso in un ristorante… (*Raminguez gli lancia un'occhiata cupa*) Mi scusi, non volevo risvegliare in lei dolorosi ricordi…

Raminguez – In entrambi i casi, non credo alla tesi dell'incidente.

Nientefo – Capisco che oggi abbiate i nervi un po' tesi. ma il dolore vi confonde. Non bisogna vedere il male ovunque, Raminguez.

Raminguez – Ah, davvero? Credevo che sospettare di tutti fosse il nostro mestiere.

Nientefo – Quindi secondo lei ogni innocente è un colpevole che non sa di esserlo?

Raminguez – Un tizio che resta chiuso in una sauna per una notte intera, lei lo trova normale?

Nientefo – Ma certo, ha ragione… La sauna era chiusa dall'interno… Ne uscirebbe un buon titolo per una commedia poliziesca.

Entra Cul-de-sac, preoccupata.

Cul-de-sac – Ho appena salutato la baronessa Van Truffet, che sta rilasciando la sua deposizione sulla morte del marito…

Nientefo – Ci si mette anche lei, adesso? Un vecchio morto di attacco cardiaco in una sauna! Non stiamo mica parlando del mostro di Firenze!

Cul-de-sac – Lei non capisce, Nientefo. Qui si cammina sulle uova! Enrico-Bernardo Van Truffet è una nota personalità!

Nientefo – Sul serio? E chi sarebbe, di preciso?

Cul-de-sac – Non ne ha mai sentito parlare?

Nientefo – Vagamente... Ma la sua fama, esattamente, a cosa è dovuta?

Cul-de-sac – Non lo so bene neanch'io. Ma comunque lo si vede spesso in TV.

Raminguez – Dev'essere per questo che è molto famoso.

Nientefo – Ai miei tempi, si appariva in TV perché si era famosi, adesso si è famosi perché si appare in TV.

Cul-de-sac – Ho provato a contattare il procuratore Canadair per informarlo e chiedergli istruzioni, ma il cellulare è staccato.

Raminguez – Il procuratore Canadair? Sul serio si chiama Canadair?

Nientefo – Ad ogni modo, il nome è appropriato. Appena si profila un caso imbarazzante, mandano lui a spegnere l'incendio.

Cul-de-sac – Comunque, Nientefo, le chiedo di trattare l'affare con la massima discrezione.

Nientefo – E io che speravo di concludere la mia carriera con un colpo da maestro.

Cul-de-sac – Non sia zelante. È il suo ultimo giorno. Ho parlato di lei con il procuratore per un encomio, e sto aspettando che accenni la cosa al Ministro.

Raminguez – Se permette, commissario capo, vorrei assistere il commissario Nientefo nell'indagine.

Cul-de-sac – Ottima idea. Non le dispiace, vero, Nientefo? Sarà l'occasione per far fare carriera al commissario Raminguez.

Nientefo – Vuole dire che sarà l'occasione per farmi sorvegliare da lei e permetterle di farle rapporto.

Cul-de-sac – Anche questo, certo… Abbiamo a che fare con dei vip, Nientefo. Celebrità.

Nientefo – Sì, lo avevo capito. Gente conosciuta.

Cul-de-sac – Comunque, persone che non possono essere giudicate come la gente comune.

Nientefo (*sentenzioso*) – A seconda che uno sia potente o miserabile, i giudizi della corte lo convertiranno in bianco o nero.

Cul-de-sac – Conosco troppo bene i suoi metodi, a volte un po' sgarbati, commissario. Per non parlare di Bordellon. Credo che il commissario Raminguez sia maggiormente in grado di trattare la questione con la giusta delicatezza che richiede.

Raminguez – In questo caso, mi reco subito sul posto, commissario capo.

Cul-de-sac – Sono sicura che agirà con la massima circospezione, Raminguez.

Raminguez esce.

Nientefo – E così, a poche ore dal pensionamento, mi solleva da un caso delicato?

Cul-de-sac – Niente affatto, Nientefo! Rifletta un attimo… L'ho detto solo per mettere Raminguez a suo agio.

Nientefo – Sto scherzando, Cul-de-sac. Me ne frego completamente di questa storia. E se posso aiutare quella povera ragazza a superare la prova che sta affrontando…

Cul-de-sac – Credo che la morte del padre l'abbia profondamente scossa. Del resto, conto su di lei per seguirla nella sua prima missione. Pensa sia una ragazza su cui fare affidamento?

Nientefo – Buon sangue non mente.

Cul-de-sac – Questo non mi rassicura poi tanto… Il padre è morto strozzato da una cozza.

Cul-de-sac esce. Nientefo sospira e inizia a riporre il contenuto dei cassetti in una scatola.

Buio.

Atto secondo

Nientefo sta mettendo via le sue cose. Bordellon ritorna.

Nientefo – Accidenti, Bordellon, non ha idea del bordello di cose che uno può accumulare in trent'anni di carriera. (*Indica un oggetto avvolto nel cellophane*) Guardi, nell'ultimo cassetto, proprio sul fondo, ho addirittura trovato un chilo di cannabis di cui mi ero completamente scordato.

Bordellon – Meno male che ha dato una pulita prima che ci pensasse Raminguez. Altrimenti avrebbe trovato qualcos'altro da ridire sui nostri metodi di lavoro.

Nientefo – Mi chiedo cosa troverà il suo successore nei cassetti della sua scrivania quando lei se ne andrà in pensione, Bordellon.

Bordellon – Bottiglie vuote, per lo più. Lei mi conosce, capo. Io la droga non la tocco.

Bordellon si versa un altro bicchiere raso di whisky. Nientefo annusa il pacchetto di cannabis.

Nientefo – Forse è andata a male.

Bordellon – Sul pacchetto non c'è la data di scadenza?

Nientefo controlla meccanicamente il pacchetto.

Nientefo – Comunque, me la tengo per ricordo.

Ripone il pacchetto nella scatola.

Bordellon – Quando si è in pensione, si hanno sempre uno o due amici malati gravi a cui un po' di cannabis terapeutica può essere di grande conforto. Se si può fare un piacere a un amico…

Nientefo – Grazie per il suo sostegno, Bordellon. Le sue parole mi arrivano al cuore.

Bordellon – Mi mancherà, capo. Non avrei mai pensato che un giorno gliel'avrei detto, ma da quando ho scoperto chi la sostituisce…

Nientefo – Sembra che a Raminguez lei stia già sulle scatole.

Bordellon – Credo di non averle fatto una buona impressione. Chissà mai perché…

Nientefo – Per la bicchierata di stasera le faccio comunque i miei complimenti. Ci ho messo un bel po' a scoprire dove aveva nascosto le bottiglie.

Bordellon – Come l'ha intuito?

Nientefo – Semplice. Mi sono chiesto dove le avrei nascoste io.

Bordellon – Ed è corso subito in obitorio. Non c'è dubbio, capo, lei è un grande sbirro.

Nientefo – Già. L'ho appena indotta a confessare dove ha ficcato lo champagne, quando in realtà non ne avevo la minima idea.

Bordellon – Sullo champagne, mi sa che resterà deluso.

Nientefo – È spumante?

Bordellon – Peggio.

Nientefo – Non succo d'uva, spero? So bene che il budget della polizia ha subito ulteriori tagli, ma non pensavo che Cul-de-sac mi avrebbe inflitto una simile umiliazione…

Bordellon – In ogni caso, io non le ho detto niente. Cerchi di dimostrarsi sorpreso quando si troverà davanti Cul-de-sac.

Nientefo – Un bravo poliziotto è innanzitutto un bravo attore. Che ne ha fatto della baronessa?

Bordellon – L'ho colpita sul muso con una copia di Vogue nel tentativo di farla confessare, ma non ha spiccicato parola.

Nientefo – E cosa doveva confessare?

Bordellon – Che ne so. Io non pongo domande. Contavo un po' sulla confessione spontanea.

Nientefo – Accidenti, Bordellon, non l'avrà messa in stato di fermo, mi auguro. Sa bene che non possiamo muoverci senza l'autorizzazione del procuratore.

Bordellon – No, sta bevendo il tè con Cul-de-sac.

Nientefo – Anche la delicatezza ha il suo lato positivo, a volte. Non ha idea del numero di vecchiette che mi hanno confessato l'uccisione del marito grazie a un infuso di marijuana e due biscottini.

Raminguez ritorna.

Nientefo – Allora, commissario? Che mi dice della saunetta? È andato tutto bene?

Raminguez – Ho appena fatto traslare il corpo all'obitorio per un'autopsia.

Nientefo – Il medico legale ci dirà la causa precisa del decesso.

Raminguez – Cosa ci fanno tutte quelle bottiglie di succo d'uva nella cella frigorifera dell'obitorio?

Nientefo – Ecco, Bordellon, ha visto? L'indagine prosegue. So già cosa berremo per la mia bicchierata a sorpresa: del fottuto succo d'uva.

Arriva Cul-de-sac.

Cul-de-sac – Parlate più piano, la vedova è qui accanto, nel mio ufficio… Allora è vero? Enrico-Bernardo Van Truffet è morto?

Raminguez – Se non è morto, è qualcosa di molto simile. Il suo corpo giaceva in una pozza di sudore. Secondo me ha perso almeno cinque litri.

Cul-de-sac – Di sangue, suppongo.

Raminguez – No, no, di acqua. Nessun essere umano di normale costituzione può sopravvivere dopo aver perso tanti liquidi.

Bordellon – È vero, non mi sono mai posto il problema… Per il sangue, un'idea più o meno ce l'ho. Sono circa cinque litri a persona. Ma quanti litri d'acqua può contenere un essere umano?

Nientefo – Siamo fatti per il 60% di acqua. Quindi saranno una cinquantina di litri.

Bordellon – Cinquanta?

Nientefo – Nel suo caso, Bordellon, molti di meno, stia tranquillo. Vista la quantità d'alcool che tracanna, se mai al medico legale capitasse di doverle fare un'autopsia gli consiglierei di non fumare.

Cul-de-sac – Ma cosa è saltato in mente al barone? Tutti sanno che non bisogna farsi la sauna per più di mezz'ora.

Raminguez – Dai primi accertamenti che ho svolto, è rimasto bloccato dentro. Ho dovuto forzare la porta per tirarlo fuori.

Bordellon – Che morte spaventosa. Non mi farò mai più la sauna in vita mia.

Nientefo – Sì, ma una doccia ogni tanto se la faccia. A quanto mi risulta, nessuno è mai annegato lavandosi in piedi e restando intrappolato nel box.

Cul-de-sac – Quindi siamo più orientati verso la pista dell'incidente. Già che ci siamo, ammetto che preferisco quest'opzione.

Raminguez – Purtroppo, non è così semplice, signor commissario capo…

Cul-de-sac – Perché, che altro c'è?

Raminguez – A quanto sembra, il barone aveva preso dei sonniferi.

Cul-de-sac – Pensa a un suicidio?

Raminguez – La porta era cosparsa di Super Attack per impedirne l'apertura.

Bordellon – Già mi vedo la scena, capo: il tizio inghiotte i sonniferi e sigilla la porta della sauna col Super Attack per essere sicuro di non poter cambiare idea…

Nientefo – Suicidarsi chiudendosi spontaneamente in sauna? In trent'anni di carriera, non ho mai visto una cosa simile.

Bordellon – Raminguez, ha forse trovato un tubo di colla nelle tasche della vittima?

Raminguez – No.

Nientefo – Allora nella sua scena c'è qualcosa che fa acqua come il morto, Bordellon.

Raminguez – A meno che non si tratti di omicidio.

Cul-de-sac – Oh, no, vi prego… Prima un suicidio… Adesso un omicidio… Avete proprio deciso di rovinarmi la giornata. La tesi dell'incidente domestico mi piaceva molto di più.

Bordellon – Come sa che il barone ha assunto sonniferi? L'autopsia non è stata ancora eseguita.

Raminguez – Ne ho trovato un tubo vuoto nella tasca del suo smoking.

Nientefo – Smoking?

Raminguez – Oh, è vero, mi sono scordata questo dettaglio. La vittima indossava lo smoking.

Bordellon – Lo smoking per andare in sauna? Che distinzione.

Nientefo – Dubito che sulla porta della sauna dei ricconi ci sia scritto: "È richiesto l'abito da sera".

Bordellon – Se si tratta di suicidio, forse ci teneva a finire in bellezza. Insomma, per un cadavere uno smoking è pur sempre più elegante di un accappatoio.

Cul-de-sac – Bordellon, la prego, i cadaveri non portano lo smoking!

Bordellon – "Il cadavere in smoking", sarebbe un bel titolo per un poliziesco.

Nientefo – Ma questo non aiuta l'avanzamento delle indagini.

Raminguez – Oppure conferma l'ipotesi dell'omicidio. L'assassino gli fa ingurgitare di nascosto il sonnifero con le cozze, e poi gli lascia in tasca il tubo vuoto perché si pensi a un suicidio.

Bordellon – Quali cozze?

Raminguez – Quelle che mi stanno facendo pensare a un possibile legame con un'altra faccenda.

Cul-de-sac – Mi vuole dire che sono state rinvenute cozze fritte nello stomaco della vittima?

Raminguez le mostra un pezzo di carta.

Raminguez – In tasca la vittima aveva anche il conto di un ristorante: *La cozza in visibilio*. Ho fatto alcune ricerche. Il locale è accanto a un teatro, poco distante da qui.

Cul-de-sac mostra la copertina di una rivista che si occupa di teatro.

Cul-de-sac – Un teatro che oggi mette in scena un testo scritto da Enrico-Bernardo Van Truffet…

Nientefo – Non sapevo che fosse appassionata di teatro.

Cul-de-sac – È stata la baronessa a dirmelo. Si è anche offerta di darmi due inviti…

Nientefo – Ammetto che la faccenda è più complicata di quanto sembrava all'inizio.

Cul-de-sac – Provo di nuovo a contattare il procuratore per chiedergli come procedere.

Cul-de-sac esce.

Bordellon – No, ma ve lo immaginate? Una zona fitness nel seminterrato!

Nientefo – E io che mi illudevo che la nobiltà fosse decaduta da un bel po'.

Raminguez – È riuscito a ottenere qualche informazione dalla baronessa?

Bordellon – Tace come un loculo del cimitero.

Raminguez – Bene… vado a vedere a che punto è il medico legale.

Bordellon – Buona idea, a volte i morti parlano più dei vivi, e mentono molto meno.

Nientefo – I morti non ci deludono mai, Raminguez.

Raminguez – Grazie per i vostri preziosi consigli, che di sicuro contribuiranno all'avanzamento dell'indagine.

Raminguez esce.

Nientefo – Mi pare di aver colto una punta d'ironia nell'ultima frase di Raminguez.

Bordellon – Gradisce un goccetto, commissario?

Nientefo – Accetto volentieri. Adesso che so che stasera siamo condannati a bere succo d'uva…

Bordellon – Tanto vale arrivare alla bicchierata già sbronzi, non le pare?

Si versano entrambi una bella tazza di whisky. Nell'ufficio entra Franco Carneval de Rio. Porta una parrucca e un paio di baffi finti piuttosto vistosi. È evidente che si tratta di un uomo che indossa un travestimento, ma i due poliziotti non se ne accorgono affatto.

Franco – Buongiorno, signori. Sono Franco Carneval de Rio, drammaturgo.

Bordellon – Accidenti, un drammaturgo… giusto lui ci mancava.

Nientefo – Come possiamo aiutarla?

Franco – Ho sporto denuncia pochi giorni fa contro il signor Enrico-Bernardo Van Truffet.

Nientefo – Davvero? E perché mai?

Franco – Ha plagiato la mia opera, *Flagrante delirio*. Il testo è in cartellone da circa un mese in un teatro qua vicino.

Nientefo – *Flagrante delirio*? Mai sentito nominare.

Bordellon – Ma sì, capo, la stampa non fa che parlarne. Un fiasco così non si vedeva da anni.

Nientefo – E allora perché ne parlano?

Franco – Perché il barone Enrico-Bernardo Van Truffet è un personaggio molto in vista. Anche quando fa fiasco, è comunque un evento.

Nientefo – Ah… E a cosa dobbiamo la sua visita?

Franco – Avevo già parlato della questione con il commissario Raminguez, ma nessuno mi ha più aggiornato.

Nientefo – È normale… È morto.

Franco – Il barone Enrico-Bernardo è morto?

Nientefo – No, il commissario Raminguez.

Franco – Ah, meno male.

Bordellon – Beh, in realtà è morto anche il barone, ma pazienza…

Nientefo – Per il momento sulla notizia vige la massima riservatezza.

Franco – Ma non può essere… Ne siete sicuri?

Bordellon – La vedo sconvolta… ma non mi pare abbia motivo per rimpiangerlo, o sbaglio?

Franco – No, certo, ma…

Raminguez ritorna.

Nientefo – Signor Carneval de Rio, le presento il commissario Raminguez.

Franco – Ma non era morto?

Nientefo – Questa è la figlia.

Franco – Le mie condoglianze, signorina. E, di cosa è morto?

Bordellon – Anche in questo caso vige la massima riservatezza.

Franco – No, mi riferivo al barone.

Raminguez – Non ne siamo ancora sicuri.

Nientefo – Il signor Carneval de Rio è un drammaturgo. A quanto sembra Van Truffet aveva plagiato uno dei suoi testi.

Raminguez – Un testo teatrale?

Franco – *Flagrante delirio*. Suo padre si stava occupando dell'indagine.

Raminguez – Davvero?

Franco le porge un libro e un DVD.

Franco – Tenga, ecco qua un esemplare della mia pièce, pubblicato dalle edizioni GranBidon, e una registrazione dello spettacolo di Van Truffet. Così potrete constatare che il testo è lo stesso.

Margherita ritorna.

Margherita – Dov'è mio marito?

Franco (*sorpreso di vederla*) – Bene, vi lascio…

Nientefo – Arrivederci… Guarderemo il materiale e se ci sono novità le faremo sapere.

Franco – Grazie… Io scappo… Ho parcheggiato sul marciapiede bloccando l'ingresso…

Franco esce.

Raminguez (*a Margherita*) – Purtroppo suo marito è morto.

Margherita – Sì, lo so. Cul-de-sac me l'ha appena detto. Volevo solo constatarlo di persona.

Nientefo – Credo che per il momento il signor barone non sia presentabile.

Raminguez – È all'obitorio, e il medico legale lo sta…

Nientefo – Le permetteremo di riconoscere il cadavere appena gli avranno restituito forma umana.

Margherita – Non ci perderò tutta la giornata, spero? Ho altro da fare, io. Insomma, devo occuparmi delle esequie e compagnia bella.

Raminguez – Ma certo.

Margherita – E poi devo vederlo un'ultima volta, per assicurarmi che sia morto sul serio. In modo da poter elaborare il lutto, voi capite…

Raminguez – Capiamo benissimo, glielo garantisco.

Nientefo – Bordellon, mi faccia la cortesia di riaccompagnare la signora nell'ufficio del commissario capo.

Margherita – Non serve, mio caro, conosco la strada. Invece, se riusciste a trovarmi una tazza di tè decente, in questo commissariato…

Nientefo – Chieda all'ingresso, il piantone è un grande esperto di tè.

Margherita esce.

Bordellon – Non mi sembra che la morte del marito la sconvolga poi tanto.

Raminguez – Appunto, cosa vi avevo detto?

Nientefo – Di che parla?

Raminguez – È chiaro che le due faccende sono collegate!

Nientefo – Quali faccende?

Raminguez – Quella di Franco Carneval de Rio e quella del barone Van Truffet, per non parlare della morte di mio padre!

Bordellon – Già mi vedo la scena, capo: Carneval de Rio sporge denuncia contro Van Truffet per plagio. Quando si accorge che Raminguez padre non ha risolto la questione, decide di farsi giustizia da solo rinchiudendo il plagiario in una sauna finché non ne avviene il decesso.

Raminguez – E secondo lei perché avrebbe agito in questo modo bizzarro?

Bordellon – Morire di caldo in una sauna quando la tua pièce è una minestra riscaldata… Dev'esserci un nesso simbolico che ci sfugge.

Nientefo – Avrebbe dovuto darsi al teatro, Bordellon. Ma c'è qualcosa che non collima nella sua storia. Perché Carneval de Rio si sarebbe presentato in commissariato subito dopo l'omicidio di Van Truffet?

Raminguez – Per ciurlare nel manico, probabilmente. Fingendosi innocente. Quando non si vuole passare per colpevoli, ci si spaccia per vittime.

Nientefo porge il libro e il DVD a Bordellon.

Nientefo – Non le resta che dare uno sguardo al materiale, Bordellon, visto che lei è un esperto di scene. Dopo ne riparliamo.

Bordellon – Va bene, capo.

Raminguez – Io intanto raccolgo informazioni su Van Truffet... Questo tizio ha qualcosa che non mi convince.

Estrae un tablet e inizia a digitare. Entra Cul-de-sac.

Cul-de-sac – Allora, a che punto siamo?

Nientefo – Si procede, Cul-de-sac, si procede. Siamo nel pieno dell'indagine. A meno che il procuratore Canadair non le abbia già chiesto di seppellire il morto e con lui anche il caso.

Cul-de-sac – Non sono ancora riuscita a contattarlo.

Nientefo (*con ironia*) – Forse è in ferie... Ne richieda il rimpatrio urgente in elicottero. La Repubblica è in pericolo, Cul-de-sac.

Cul-de-sac – Non sa quanto ha ragione, Nientefo. Sono molto seccata. Enrico-Bernardo Van Truffet era stato interpellato per sostituire il nostro attuale Ministro della Cultura.

Nientefo – Perché, il Ministro della Cultura si dimette?

Cul-de-sac – Che resti tra noi, ma hanno appena scoperto che è analfabeta.

Nientefo – Ma non aveva studiato Scienze Politiche?

Cul-de-sac – A quanto pare la laurea era falsa. In realtà, non è mai andato oltre l'asilo. A quanto dice, soffre di fobia scolastica. Lo costringeranno a dimettersi prima che lo scandalo esploda.

Raminguez alza il naso dal tablet.

Raminguez – In questo caso, ben venga il fatto che a rimpiazzarlo non sia il barone Van Truffet.

Cul-de-sac – E perché mai?

Raminguez – Sospetto che il barone sia un truffatore professionista.

Cul-de-sac – Un truffatore?

Raminguez – Tanto per cominciare, è barone quanto io sono marchesa.

Nientefo – Lei non è marchesa? No, volevo dire… Il barone Van Truffet non è barone?

Raminguez – Non è neanche il suo vero nome.

Cul-de-sac – Ma non può essere! È amico intimo del procuratore Canadair. Era testimone al suo matrimonio.

Raminguez – Ha preso il cognome della moglie quando si sono sposati. Quanto al titolo nobiliare… In realtà, era solo il marito della baronessa.

Cul-de-sac – Beh, mi pare che al giorno d'oggi non sia vietato prendere il cognome della moglie. Cosa le fa credere che sia un truffatore?

Raminguez – Deve soldi a mezzo mondo. Ed è coinvolto in una dozzina di processi.

Cul-de-sac – Ma se non è mai stato condannato…

Raminguez – Solo perché si è appellato contro tutte le condanne… Circonvenzione d'incapace, fatture false, frode fiscale…

Nientefo – E adesso anche plagio.

Raminguez – Ha fregato tutti avvalendosi di diversi pseudonimi.

Nientefo getta uno sguardo verso lo schermo del tablet.

Nientefo – Enrico-Bernardo… Guardate, è scritto qui! È riuscito anche a spacciarsi per filosofo.

Raminguez – Questo tizio è un bugiardo! Un illusionista! Venderebbe la madre pur di uscire al TG delle 20!

Cul-de-sac – Di sicuro è per tutte le sue qualità che stavano pensando di nominarlo Ministro.

Bordellon alza la testa.

Bordellon – Sì, capo, il testo teatrale è lo stesso. La storia è proprio uguale.

Nientefo – E di cosa parla?

Bordellon – Di un caso poliziesco ingarbugliato. Che somiglia molto alla nostra indagine.

Nientefo – In cosa, esattamente, le somiglia?

Bordellon – Un tizio viene trovato morto in una sauna… e un poliziotto muore per un cozza andatagli di traverso.

Raminguez – Bingo!

Cul-de-sac – Raminguez lei mi fa paura.

Raminguez – L'uomo che è appena uscito di qui non può essere l'assassino del barone.

Nientefo – E perché?

Raminguez – Perché Carneval de Rio e Van Truffet sono la stessa persona.

Nientefo – Cosa? Come lo ha scoperto?

Bordellon – Identikit? Impronte digitali?

Nientefo – Interpol?

Raminguez – Wikipedia. Guardate, è specificato qui. Franco Carneval de Rio. Era il nome di Van Truffet prima che si sposasse con la baronessa.

Bordellon – Carneval de Rio è il nome da celibe di Van Truffet?

Cul-de-sac – Chi sarebbe Carneval de Rio?

Nientefo – Un drammaturgo che accusa il barone di avergli plagiato un'opera.

Cul-de-sac – E denuncia se stesso?

Nientefo – Il colmo della truffa… Autodenunciarsi per poi chiedere il risarcimento.

Raminguez guarda di nuovo lo schermo del tablet.

Raminguez – Quanto alla presunta baronessa… è un'ex stella del porno. Ha fatto fortuna producendo film hard quando ancora esistevano le videocassette.

Nientefo – Mi pareva di averla già vista da qualche parte.

Bordellon – Una baronessa che fa la pornostar… Se oggi non si può contare neanche più sulla nobiltà per preservare l'ordine morale, siamo fregati.

Raminguez – Baronessa del piffero. Ha acquisito il titolo quando ha comprato in vitalizio un castello in rovina da un cieco morto prematuramente in circostanze sospette.

Pausa.

Cul-de-sac – Ma… Se Franco Carneval de Rio e il barone Van Truffet sono la stessa persona…

Nientefo – Significa che il barone è ancora vivo. Carneval de Rio è appena uscito dal commissariato!

Bordellon – Allora il morto stecchito che abbiamo rinvenuto in sauna chi diavolo è?

Buio.

Atto terzo

Nientefo e Bordellon entrano e si tolgono gli impermeabili.

Nientefo – Questa è una delle cose che da domani mi mancheranno, Bordellon.

Bordellon – I nostri pranzetti in tête-à-tête, Nientefo?

Nientefo – I buoni pasto.

Bordellon – Potrà sempre farsi consegnare i pasti a casa dal comune.

Nientefo – Non conoscevo questo ristorantino, è proprio grazioso. Come ha detto che si chiama?

Bordellon – *La cozza in visibilio.*

Nientefo – Ah, sì. Comunque, ci si mangia bene.

Bordellon – Le cozze fritte sono sempre buone.

Nientefo – A condizione che siano fresche.

Bordellon – E che non vadano di traverso.

Nientefo – Ha ragione, me l'ero dimenticato. È il locale dove Raminguez è morto strozzato.

Bordellon – È un bene che non ricordassimo l'episodio, altrimenti avremmo perso l'appetito.

Nientefo – Facciamo finta che il nostro pranzo alla *Cozza in visibilio* sia una sorta di pellegrinaggio involontario.

Bordellon – Il nostro ultimo omaggio a un collega a cui volevamo tanto bene. Visto che ci siamo anche dimenticati di andare al funerale.

Il telefono di Nientefo squilla.

Nientefo – Nientefo. Sì, commissario capo. Benissimo, commissario capo. (*Riagganciando*) Cul-de-sac sta venendo qui per l'identificazione del cadavere.

Bordellon – Lei che ne pensa, capo?

Nientefo – Penso che dopo un buon pasto più che un morto preferirei vedere una bella ragazza. Temo che il triste spettacolo non aiuterà la mia digestione. Spero che le cozze siano ben attaccate al mio stomaco.

Bordellon – No, mi riferivo al caso che stiamo seguendo.

Nientefo – Ah, certo… Il caso… Ebbene, ha ragione lei, questa storia sta assumendo sempre più i contorni del romanzo popolare. Un melodramma d'altri tempi.

Bordellon – Quando sarà in pensione, potrà sempre scriverci un testo teatrale.

Nientefo – Aspettiamo la fine per capire se vale davvero la pena scriverlo.

Pausa.

Bordellon – Posso confessarle una cosa?

Nientefo – Prego.

Bordellon – È un po' imbarazzante, ma… Non so come dirglielo… A volte ho l'impressione che qualcuno ci stia osservando.

Nientefo – Qualcuno? Qualcuno chi?

Bordellon si sposta nel proscenio e scruta il pubblico.

Bordellon – Non so… Persone che non conosciamo, là, nell'oscurità. Come attraverso il vetro senza amalgama di una sala interrogatori.

Nientefo – Capisco…

Bordellon – Hanno pagato il biglietto, o almeno alcuni, e si aspettano che gli raccontiamo una storia di cui neppure noi conosciamo il finale.

Nientefo – La smetta di bere whisky, Bordellon. Sta diventando paranoico.

Bordellon – Capo, ha mai notato che questa stanza ha solo tre pareti?

Nientefo – Quale stanza?

Bordellon – Quella in cui recitiamo! Voglio dire, quella in cui ci troviamo.

Nientefo – Bordellon, lei mi preoccupa sul serio. Quando le sembrerà di essere inseguito da insetti giganti, mi avvisi. Chiamerò l'ospedale per farla internare.

Bordellon – Nessun pericolo, capo. Il delirium tremens colpisce solo gli alcolisti che smettono di bere.

Nientefo – Grazie, questo mi rassicura.

Entra Cul-de-sac accompagnata da Margherita.

Cul-de-sac – Lo so che per lei sarà traumatico, baronessa. Personalmente, la vista di un morto mi ha sempre creato problemi.

Margherita – Con il mestiere che fa, non dev'essere facile.

Cul-de-sac – Devo comunque chiederle di identificare il corpo di suo marito.

Margherita – Purtroppo, ci sono pochi dubbi… Ma immagino sia obbligatorio.

Cul-de-sac – Di solito, si tratta di una semplice formalità.

Margherita Di solito?

Raminguez entra spingendo un carrello sul quale giace, sotto un lenzuolo, il corpo di un uomo molto alto con i piedi che spuntano fuori. Indossa mocassini scamosciati.

Margherita – Cos'è, uno scherzo?

Cul-de-sac – No, assolutamente, perché mai?

Margherita – Questo non è mio marito!

Nientefo – Il dolore la confonde, signora, è comprensibile. Ma aspetti almeno di vederne il viso.

Margherita – Ma mio marito non è mai stato così alto! E poi…

Raminguez – Cosa?

Margherita – Non avrei mai sposato un uomo che indossa mocassini scamosciati!

Bordellon (*sentenzioso*) – Mi raccomando, non confondiamo i mocassini scamosciati con i camosci in mocassini!

Raminguez – Le chiedo comunque di dare un'occhiata al viso.

Raminguez solleva il lenzuolo. Margherita si avvicina, getta uno sguardo sul cadavere e resta di sasso.

Margherita – Santo cielo!

Cul-de-sac – È suo marito?

Margherita – Direi proprio di no.

Raminguez – Eppure sembra sconvolta.

Bordellon – Si direbbe che già rimpianga di non essere rimasta vedova.

Nientefo – Conosce quest'uomo?

Margherita – No, davvero… No, no, ve l'assicuro… Non l'ho mai visto in vita mia.

Cul-de-sac – Bene, Bordellon, toglici di torno questo cadavere. Che orrore… Non so se i piedi gli puzzavano già così tanto da vivo.

Bordellon esce spingendo il carrello.

Margherita – Credo che sto per sentirmi male.

Cul-de-sac – Le confesso che anche a me è venuto il voltastomaco. Le do qualcosa che la tirerà un po' su.

Apre un cassetto della scrivania di Bordellon, afferra una bottiglia di whisky, ne riempie una tazza e la porge a Margherita.

Nientefo – Di norma, l'alcool è strettamente proibito nei commissariati di polizia, ma ne serbiamo sempre una bottiglia in cassetto per questo tipo di occasioni…

Margherita svuota la tazza d'un sorso. Cul-de-sac si serve a sua volta e fa lo stesso.

Margherita – Non è male. Ne prenderò con piacere un'altra tazza.

Cul-de-sac le versa una seconda tazza. Bordellon ritorna.

Bordellon – Ho rimesso la carne in frigo, capo. Tra le due casse di succo d'uva. (*Vede la baronessa scolarsi il suo whisky*) Ma prego, faccia come a casa sua…

Cul-de-sac (*alla baronessa*) – Venga nel mio ufficio, raccoglierò io stessa la sua deposizione… Visto che la vittima non è suo marito, la buona notizia è che non è rimasta vedova.

Margherita – Se lo dice lei…

Cul-de-sac esce con Margherita. Bordellon constata che la bottiglia è quasi vuota.

Bordellon – Ha visto che roba, capo? Un whisky spagnolo invecchiato di dodici anni!

Raminguez – Sono sicura che conosce la vittima.

Nientefo – Bisogna scoprire chi è il morto stecchito…

Raminguez – E cosa ci faceva in smoking nella sauna della baronessa.

Franco Carneval de Rio ritorna, con in mano una valigia.

Franco – Scusate se vi disturbo ancora…

Nientefo – Guardate chi c'è, il morto vivente.

Franco (*imbarazzato*) – Sono qui per la morte del barone Van Truffet.

Raminguez – La vedova è proprio nell'ufficio accanto. Ora la chiamiamo così potrete porgerle le condoglianze di persona.

Bordellon – A meno che non sia venuto anche lei a riconoscere il corpo.

Franco – E va bene, confesso. Sono il marito della baronessa.

Nientefo – E quindi non è morto.

Franco – A quanto sembra no.

Raminguez – E allora perché ha sporto denuncia contro se stesso per plagio?

Franco – Per fare un po' di pubblicità al testo teatrale.

Raminguez – Pubblicità?

Franco – La commedia è un fiasco totale… Un caso di plagio, aiuta sempre le vendite… Si dice in giro che se un testo viene plagiato, allora merita di esserlo. E quindi dev'essere buono per forza.

Bordellon – Come ragionamento è un po' contorto, ma regge.

Nientefo – E cosa ci garantisce che non sta mentendo anche adesso?

Bordellon – Già, come facciamo a essere sicuri che lei è davvero il barone?

Franco si toglie baffi e parrucca.

Franco – Solo i grandi autori sono vittima di plagio. A nessuno è mai passato per la testa di plagiare un testo di Enrico-Bernardo Van Truffet.

Cul-de-sac entra con Margherita.

Cul-de-sac – Riaccompagno la signora fino alla macchina…

Margherita vede Franco Carneval de Rio.

Margherita – Cielo, mio marito!

Franco – Margherita, tesoro!

Margherita – Ma com'è possibile?

Franco – Sono proprio io, Margherita. Non sono un fantasma.

Margherita – Oddio, sto per sentirmi male!

La baronessa finge di svenire. Il marito si precipita per prenderla tra le sue braccia.

Bordellon – Che scena strappalacrime.

Nientefo – Sì, quasi quasi ci credo…

Cul-de-sac – Lasciamoli soli un momento per questa commovente scena di ricongiungimento.

Escono. Margherita torna subito in sé.

Margherita – Allora, come stai?

Franco – Bene, benissimo.

Margherita – Tutto qua?

Franco – No, ti garantisco che sei un'attrice fantastica.

Margherita – Si tratta di un ruolo molto caratterizzato, non avevo mai interpretato una baronessa fino a oggi.

Franco – Sì, ecco, appunto…

Margherita – Cosa?

Franco – Mi chiedevo se non stai calcando un po' troppo la mano.

Margherita – Ti pare?

Franco – "Cielo, mio marito!" non era sul copione.

Margherita – E va bene. Vuol dire che la prossima volta cercherò di interiorizzare un po' di più i miei sentimenti.

Franco – A te la pièce come sembra?

Margherita – Bella, bella davvero.

Franco – Noto un punta di riserva nel tuo tono.

Margherita – Niente affatto, è originale, è…

Franco – Ma?...

Margherita – Non ti sembra un po' troppo surreale?

Franco – In che senso?

Margherita – Quell'idiota che crepa in sauna perché qualcuno ha incollato la porta col Super Attack...

Franco – Se non altro, a nessuno è mai venuta un'idea del genere.

Margherita – Certo... E chissà come mai?... Ma ho paura di non aver capito bene tutto quanto. Insomma, il tizio l'ho ammazzato io oppure no?

Franco – Aspetta la fine e lo scoprirai.

Margherita – Sei sicuro di conoscere la fine?

Franco – Ma certo, stai tranquilla. Bene, che ne dici di riprendere?

Margherita – Ok.

Nientefo, Bordellon e Raminguez rientrano.

Nientefo – Bordellon, riaccompagni la baronessa nell'ufficio accanto. Credo ci siano ancora un paio di dettagli da chiarire... ma prima vorrei parlare con il marito.

Bordellon afferra Margherita per un braccio.

Margherita – Ehi, giù le zampe!

Bordellon – Mi sono appena rivisto la sua filmografia completa su YouTube. All'epoca non era così forbita. A proposito, come si chiama il film che ha lanciato la sua carriera?

Raminguez (*distrattamente*) – *La cozza in visibilio.*

Bordellon (*a Raminguez*) – Ah, anche lei è una cinefila?

Raminguez – Mi riferisco al ristorante di pesce accanto al teatro. Tutte le persone più o meno coinvolte nell'affare sono amanti delle cozze fritte. Non le sembra strano, Nientefo?

Nientefo sta sonnecchiando. Sentendo chiamare il suo nome, si risveglia.

Nientefo (*credendo di rispondere al telefono*) – Nientefo, pronto con chi parlo?

Raminguez gli lancia uno sguardo costernato. Bordellon e Margherita escono.

Raminguez – Bene, e adesso… a noi due Van Truffet!

Nientefo – O forse preferisce essere chiamato Carneval de Rio?

Raminguez – Che ne direbbe di dirci il nome del morto stecchito in smoking rinvenuto nella sauna?

Franco – Ma non lo so, ve lo giuro.

Nientefo – Certo come no, faccia pure l'innocentino.

Raminguez – Era l'amante di sua moglie?

Franco – Sapete come funziona, queste sono cose che i mariti sono gli ultimi a sapere.

Nientefo – Il marito cornuto che vuole sbarazzarsi dell'amante della moglie. Un grande classico del genere vaudeville.

Franco – Vi ho già detto tutto quello che sapevo… Sono un truffatore, questo sì, ma non un assassino.

Cul-de-sac rientra seguita da Bordellon.

Cul-de-sac – Signor barone, è davvero lei?

Franco – Per servirla, mia cara.

Cul-de-sac – Non sono ancora andata a vedere il suo spettacolo, ma me ne hanno parlato benissimo.

Franco – Sul serio?

Cul-de-sac – La baronessa è stata così gentile da darmi due inviti e…

Nientefo – Se ha finito con tutte queste cerimonie, vorremmo riprendere l'interrogatorio…

Cul-de-sac – Ma certo, commissario, la prego.

Raminguez – Cosa contiene quella valigia?

Franco – Niente d'importante, gliel'assicuro.

Nientefo (*mostrando il distintivo*) – Polizia, faccia vedere.

Carneval de Rio apre la valigia a malincuore. Raminguez esamina il contenuto e ne fa l'inventario.

Raminguez – Carte d'identità false, carte di credito false, tessere sanitarie false…

Nientefo – C'è anche un falso badge per un lavoratore dello spettacolo a contratto.

Franco – Ah, no, quello è vero, ve lo garantisco.

Cul-de-sac – Incredibile… ci sono anche dei falsi diplomi.

Franco – Siccome non sono bravo nell'inventare personaggi teatrali, allora li invento nella vita reale… Non è un crimine.

Nientefo – Documenti falsi e loro uso? In ogni caso è un reato.

Bordellon – Tranne in tempo di guerra, e quando si sta dalla parte giusta. Ma questo lo si capisce solo a guerra finita. E dipende soprattutto da chi quella guerra l'ha vinta.

Raminguez estrae un taccuino.

Raminguez – È la lista dei suoi clienti?

Franco assente con la testa.

Raminguez – Complimenti, la crème de la crème dell'alta società.

Franco – Faccio favori a degli amici in stato di bisogno, quando posso.

Raminguez – Guardi, commissario Nientefo. Ministri, giudici, procuratori… Anche poliziotti.

Nientefo – Sul serio?

Raminguez – No, non ci posso credere!

Cul-de-sac – Che altro c'è?

Raminguez – Reggetevi forte… Nella lista c'è anche Canadair.

Cul-de-sac – Il procuratore?

Raminguez – È stato Carneval de Rio a fornirgli la falsa laurea in Giurisprudenza!

Bordellon – Quando si vede quanto sono strapiene le aule di questi corsi universitari, soprattutto il primo anno, viene da chiedersi se il qui presente truffatore non dovrebbe ricevere la laurea honoris causa.

Cul-de-sac (*abbattuta*) – Canadair, un impostore…

Nientefo – Certo che sembra un sogno… Cinque o sei anni di studi convalidati con un solo tratto di penna.

Bordellon – Io volevo diventare pilota di linea, ma c'era troppo da studiare. Se all'epoca avessi incontrato questo tipo, forse oggi non sarei un poliziotto alcolizzato.

Raminguez – No, sarebbe un pilota di linea alcolizzato.

Cul-de-sac – Un falso procuratore… Non ci posso credere… Dove andremo a finire di questo passo?

Nientefo – Eh già.

Raminguez – Ma vi rendete conto? È da trent'anni che Canadair esercita la professione senza laurea, nella più completa illegalità.

Franco – Beh, ma in fondo non è mica un falso ginecologo o chirurgo…

Nientefo – Non mi sorprende che abbia passato la vita a insabbiare certi affari riguardanti i suoi amici.

Raminguez – Bordellon, porti via quest'uomo.

Bordellon esce con Franco.

Cul-de-sac (*spaventata*) – La faccenda sta diventando troppo delicata… Giusto oggi dovevo pranzare con il procuratore ma continuo a non avere sue notizie.

Raminguez – Pranzare con Canadair?

Cul-de-sac – In un ristorante di cozze fritte.

Raminguez – Mi faccia indovinare: *La cozza in visibilio*?

Cul-de-sac – Come fa a saperlo?

Raminguez – E se l'omicidio in sauna fosse un tentativo di Canadair di assassinare Carneval de Rio per farlo tacere?

Nientefo – La teoria regge. Carneval de Rio è un truffatore. Lui ricatta il procuratore, e quest'ultimo decide di farlo fuori.

Raminguez – Ma sbaglia persona.

Bordellon rientra con il cadavere sul carrello.

Nientefo – La vuole smettere di giocare con quel carrello, Bordellon? Sta diventando una rottura di scatole.

Bordellon – Non è Canadair il colpevole, capo.

Cul-de-sac – Lo preferirei anch'io, ma come fa a esserne sicuro?

Bordellon – Perché il morto è lui. (*Solleva un angolo del lenzuolo*) Il cadavere in smoking nella sauna… è Canadair.

Cul-de-sac – Oh, mio Dio, signor procuratore!

Tutti quanti si avvicinano al carrello per constatare l'evidenza.

Buio.

Atto quarto

Classica atmosfera da interrogatorio poliziesco. Margherita è sullo sgabello di fronte a Nientefo e Raminguez. Nientefo solleva di nuovo un angolo del lenzuolo che copre il cadavere sul carrello.

Nientefo – Continua a sostenere di non conoscere quest'uomo?

Margherita – Ma prego, mi dia pure della bugiarda, senza tanti complimenti!

Raminguez – Come spiega il fatto che abbiamo trovato il cadavere, in smoking, nella sua sauna?

Margherita – C'è gente che muore in modo stupido, sapete. Ho addirittura sentito parlare di un tizio morto per una cozza di traverso.

Raminguez va su tutte le furie.

Raminguez – Un'altra parola e la prendo a sberle.

Margherita – La avverto: conosco di persona il Ministro della Cultura.

Raminguez – Perché quel truffatore di suo marito gli ha consegnato un falso diploma di laurea?

Nientefo – Si calmi, Raminguez. Lasci fare a me. Signora baronessa, non è che per caso conosce un bravo oculista che non mi faccia aspettare sei mesi per fissare un appuntamento?

Margherita – Sì. Ce n'è uno bravissimo giusto di fronte a casa mia. Le darò il numero, se vuole. Basta che lo chiami facendo il mio nome.

Nientefo – Sarebbe molto gentile da parte sua…

Raminguez – Signor commissario, questo cosa c'entra con la nostra indagine?

Nientefo – Niente. È solo una strategia per metterla a suo agio. E poi vorrei farmi un nuovo paio di occhiali finché ho ancora la mutua…

Margherita – È pur vero che gli occhiali li rimborsano poco…

Raminguez (*infuriata*) – Signora baronessa, lei tradisce suo marito?

Margherita – Tesoro, non è la domanda giusta da porre a una donna di mondo.

Raminguez – Le ricordo che ha fatto fortuna girando film porno…

Margherita – In questo caso, se l'ho tradito, è successo nel girare quei film.

Raminguez – Mi permetta di essere più diretta: l'uomo che abbiamo trovato nella sua sauna, era per caso il suo amante?

Margherita – Non dirò più nulla fino all'arrivo del mio avvocato.

Nientefo (*a Raminguez*) – Ecco, gliel'avevo detto: adesso per colpa sua la testimone è reticente.

Raminguez (*a Margherita*) – Benissimo, vorrà dire che aspetterà il suo avvocato nell'ufficio accanto.

Entra Bordellon con la corona da morto e la posa sulle spoglie del procuratore.

Margherita – Avrete mie notizie, statene certi. Non sapete con chi avete a che fare.

Raminguez – Oh, su questo siamo tutti d'accordo… Lei sostiene di appartenere all'alta borghesia, ma nei film che ha girato di alto c'è qualcos'altro.

Margherita esce con aria teatrale, dimenticandosi la borsa.

Bordellon – Certo è che la coppia diabolica è difficile da incastrare. Entrambi sono una via di mezzo tra il Dottor Stranamore e Mr. Hyde.

Raminguez getta un'occhiata verso la corona.

Raminguez – Cosa diavolo combina con quella corona?

Bordellon – Ho pensato che sarebbe stato carino rendere un ultimo omaggio al nostro compianto collega e amico… Sapete, Raminguez, sono due, di solito, i tipi di persone che compaiono davanti a un giudice: quelli che conoscono bene la legge, e quelli che conoscono bene il giudice. Chi conosceva bene Canadair lo rimpiangerà, glielo garantisco.

Nientefo – Bordellon, invece di filosofeggiare, vada a rimettere il procuratore al fresco. È come la giustizia in Italia, sta iniziando a puzzare.

Bordellon – Agli ordini, capo.

Bordellon spinge fuori il carrello. Cul-de-sac rientra.

Cul-de-sac – Ho avvisato i piani alti. Sono molto preoccupati, ci chiedono di muoverci con la massima discrezione.

Nientefo – Io sono preoccupato soprattutto per il mio encomio. Spero che prima di morire, Canadair abbia avuto il tempo di parlarne al Ministro.

Cul-de-sac – Siete riusciti a ottenere informazioni dalla baronessa?

Nientefo – No, non ci ha confessato neanche la sua età.

Cul-de-sac – Ha un bel dire che il procuratore non era suo amante… Aveva la fama del mandrillo. Anch'io, se solo avessi voluto…

Nientefo – Ma lo sanno tutti che lei non va a letto con gli uomini per fare carriera, Cul-de-sac. Altrimenti oggi non occuperebbe il posto che occupa.

Bordellon rientra.

Bordellon – Canadair… sempre pronto a decollare per spegnere il fuoco dell'amore.

Nientefo – Senza dubbio un altro significato nascosto di un nome decisamente appropriato.

Raminguez – Questo non ci dice cosa cavolo ci faceva in smoking nella sauna della baronessa.

Bordellon – Spesso gli amanti si imboscano negli armadi, perché non in una sauna?

Nientefo – Quello che ancora non mi torna, è la storia della Super Attack… È dall'inizio che la cosa mi suona stonata, a voi no?

Franco rientra in scena.

Franco – Se posso permettermi, ammetto che non è stata una delle mie migliori trovate.

Nientefo – E quindi come la risolviamo?

Franco – Se dicessimo che la porta della sauna è stata sbarrata da fuori con chiodi e martello?

Bordellon – Quest'idea mi sembra migliore. Lei che ne dice, capo?

Nientefo – Sì, va bene. Se lei è d'accordo… signor commissario capo?

Cul-de-sac è intenta a ispezionare di nuovo la valigia di Franco Carneval de Rio.

Cul-de-sac – Oh, santo cielo… Carneval de Rio ha falsificato anche la laurea in Scienze Politiche del Presidente della Repubblica. Guardate la foto di laurea! Berlusconian School of Politics… Mica esiste!

Bordellon si avvicina per osservare la foto.

Bordellon – Oh, è vero, ma guarda un po'… E c'è tanta bella gente, in mezzo. Sembra la foto del governo al gran completo davanti a Palazzo Chigi.

Raminguez – E nessuno di questi è laureato…

Nientefo – La faccenda sta veramente diventando un caso si Stato.

Nientefo afferra la borsa della baronessa e si volta un attimo, apparentemente per esaminarne il contenuto.

Raminguez – Già mi vedo la scena: per proteggere il Presidente della Repubblica, il Ministro dell'Interno finanzia l'omicidio del falsario, ma sbaglia obiettivo. È il procuratore, amante della baronessa, a morire nella sauna dopo essersi nascosto all'interno scambiandola per un armadio.

Cul-de-sac – Un crimine di Stato che si conclude con un abuso di potere da parte della polizia… Non mi piace per niente la sua scena, Raminguez.

Bordellon – O forse era la baronessa a volersi sbarazzare del marito. E per errore, ha assassinato l'amante nascosto nella sauna.

Cul-de-sac – Bravo, Bordellon! La sua versione mi piace molto di più!

Nientefo posa la borsa della baronessa e torna dagli altri.

Nientefo – Questo trasforma un affare di Stato in un episodio di cronaca. Il Presidente resta al suo posto. Il Ministro dell'Interno mantiene la sua carica. E io recupero il mio encomio.

Cul-de-sac – Nessuno scandalo, e tutto è bene quel che finisce bene!

Raminguez – Vuole attribuire la responsabilità alla vedova?

Cul-de-sac – Bisogna ammettere che questo risolverebbe i problemi di tutti.

Raminguez – Non i suoi, forse, soprattutto se è innocente.

Nientefo – Un delitto passionale è facile da patrocinare... Potrà sempre invocare il raptus di follia.

Cul-de-sac – Mi fido di lei per ottenere dalla baronessa una confessione piena e circostanziata, Nientefo. Preferisco non assistere all'interrogatorio, ma le do carta bianca.

Nientefo afferra la borsa della baronessa e ci fruga dentro.

Nientefo – Credo che la forza non sarà necessaria, commissario capo. Guardi cosa ho trovato nella sua borsa.

Ne estrae un tubetto di Super Attack.

Raminguez – L'arma del delitto! Un tubetto di Super Attack!

Bordellon – Ma non si era poi deciso che la porta della sauna era stata...

Nientefo estrae dalla borsa un martello e dei chiodi.

Nientefo – E anche… un martello e dei chiodi!

Cul-de-sac – Improbabile e opportuno! Quindi è davvero lei l'assassina? Ah, che bellezza!

Nientefo (*a parte, a Cul-de-sac*) – Sono stato io, con un certa discrezione, a infilare queste prove inequivocabili nella borsa.

Cul-de-sac – Ha visto, Raminguez? Anche i buoni vecchi metodi hanno i loro lati positivi… Prenda esempio! Ci mancherà, Nientefo. Di poliziotti come lei, non ne fanno più.

Squilla il telefono. Bordellon risponde.

Bordellon – Pronto? No? Non è possibile!

Riaggancia.

Cul-de-sac – Che altro c'è?

Bordellon – Era l'obitorio. A quanto sembra, il morto non era completamente morto. È appena resuscitato!

Cul-de-sac – Oh, santo cielo!

Nientefo – Canadair è vivo?

Cul-de-sac – È un miracolo!

Raminguez – Le ricordo che quel tipo è un impostore!

Cul-de-sac – Non sia così rigida, Raminguez! Anche a Gesù Cristo, a suo tempo, avevano dato dell'impostore.

Musica sacra. Luce soprannaturale. Cul-de-sac cade in ginocchio e si fa il segno della croce.

Buio.

Atto quinto

Bordellon spinge nuovamente in scena il carrello con il presunto cadavere, questa volta con flebo agganciata al braccio.

Cul-de- sac – Com'è possibile? È stato dodici ore all'obitorio!

Raminguez – Anche il medico legale è un finto laureato. In realtà, è un lavoratore dello spettacolo a contratto.

Nientefo – Qui tra poco salta fuori che siamo attori anche noi, ci scommetto.

Cul-de-sac – Comunque, non ha un gran bell'aspetto.

Nientefo – Tutta la notte in una sauna a 90 gradi. Poi direttamente nella cella frigorifera dell'obitorio a meno 20. Mi pare ovvio che ha preso un colpo d'aria.

Bordellon – Però dev'essere stato proprio lo sbalzo termico a resuscitarlo.

Cul-de-sac – E la flebo lì attaccata, cosa sarebbe?

Bordellon – Canadair ha perso tutta l'acqua che aveva in corpo. Nella sauna ha lasciato cinque litri di sudore. Lo stanno reidratando.

Margherita e Franco ritornano.

Cul-de-sac – Ah, signora baronessa… signor barone… Eccovi qua.

Franco – Possiamo sapere cosa sta succedendo?

Margherita – Il mio avvocato è arrivato?

Nientefo – Lo abbiamo mandato via, non le serve più.

Margherita – Cosa! Ma come vi permettete?

Nientefo – Non si innervosisca. Vedrà, tutto si sistema.

Cul-de-sac – Sì, beh, in parole povere… ho una bella e una brutta notizia da darvi.

Franco – Sentiamo.

Cul-de-sac – L'amante di sua moglie è ancora vivo.

Franco – Quale amante?

Margherita – E la bella notizia quale sarebbe?

Cul-de-sac – Che in seguito a ciò, lei non sarà perseguita per tentato omicidio nei confronti di suo marito.

Franco – Margherita? Hai cercato di ammazzarmi?

Margherita – È un equivoco, tesoro. Poi ti spiego.

Cul-de-sac – Vi porgo tutte le nostre scuse e vi propongo di archiviare il caso, sul quale comunque nessuno ci ha capito un tubo fin dall'inizio.

Franco – Quindi siamo liberi?

Nientefo – Certo, e questa non è stata altro che una commedia di quart'ordine.

Cul-de-sac – Che tuttavia rischiava di mettere in pericolo i pilastri stessi delle nostre istituzioni repubblicane.

Raminguez – Non così in fretta, commissario capo… Restano da chiarire le circostanze della morte del commissario Raminguez!

Cul-de-sac – Cosa le fa pensare che non sia semplicemente morto in modo ridicolo, come è vissuto?

Raminguez – Mio padre stava indagando su questo caso. È morto in un ristorante chiamato *La cozza in visibilio*, accanto al teatro dove si rappresenta la pièce *Flagrante delirio*. Non può essere una coincidenza.

Nientefo – Mi trovi l'indirizzo del teatro, Bordellon, faremo le opportune verifiche.

Cul-de-sac – Ma per adesso, Raminguez, il caso è chiuso… E quindi, spazio alla festa! Bagniamo col succo d'uva il pensionamento del commissario Nientefo!

Nientefo – Su, Bordellon, stappa il succo d'uva.

Bordellon estrae un paio di bottiglie di succo d'uva da sotto il lenzuolo del morto resuscitato.

Cul-de-sac – Un bicchierino, baronessa?

Margherita – Sì, grazie. Ma la prego, mi chiami Margherita.

Cul-de-sac – Signor barone… Una coppa di finto champagne?

Franco – Grazie. Farò finta di berlo.

Squilla il telefono. Nientefo risponde.

Nientefo – Nientefo.

Bordellon – Mi mancherà non sentire più la sua voce.

Nientefo – Sì, signor Ministro… Benissimo, Signor Ministro… Grazie, Signor Ministro… (*Agli altri*) Miei cari, vi informo che domani riceverò il mio encomio, per i servizi resi alla nazione, direttamente dalle mani del Ministro dell'Interno.

Cul-de-sac – Congratulazioni, Nientefo. Un motivo in più per rallegrarci di come si è concluso questo caso.

Raminguez – Il Ministro dell'Interno… Ma se è stato questo truffatore a fornirgli il falso diploma!

Cul-de-sac – Raminguez… se vuole fare carriera nella polizia, impari a essere un po' più accomodante.

Franco – Se cominciassimo a togliere di mezzo tutti gli imbroglioni, in Italia non si riuscirebbe più a formare un governo!

Nientefo – Lei deve capire una cosa, Raminguez: la giustizia non è fatta per proteggere gli innocenti, ma per impedire che i colpevoli siano ingiustamente perseguiti.

Cul-de-sac – E poi non è morto nessuno! L'unico che abbiamo sotterrato è il caso. Non ho forse ragione, Raminguez? La vita continua.

Raminguez – Ma mio padre è morto.

Bordellon – Sì, ma ben presto scoprirà che essere orfana di un uomo morto per una cozza andata di traverso ha i suoi vantaggi.

Nientefo – Le cozze sono micidiali, e secondo me il ristorante, pur di non avere problemi, le darà un buon risarcimento.

Cul-de-sac alza il suo bicchiere per un brindisi.

Cul-de-sac – Il commissario Raminguez è morto, viva il commissario Raminguez!

Nientefo – Quella scrivania ora è sua. Suo padre sarebbe stato fiero di vederla seduta là.

Bordellon – Al posto del morto.

Cul-de-sac – Un ultimo consiglio, Raminguez: dimentichi l'idea di fare le pulizie in questo commissariato.

Nientefo – E benvenuta nella polizia! Perde un padre, ma entra a far parte di una grande famiglia.

Cul-de-sac – Un altro caso risolto, Nientefo. Il suo ultimo caso.

Bordellon – E quella storia di plagio, commissario? La classifichiamo "senza esito"?

Nientefo – Tutti gli autori sono falsari, Bordellon… Lo vede anche lei, a volte arrivano addirittura a plagiare se stessi.

Bordellon – Ma loro, se non altro, non pretendono di governarci.

Raminguez – Commissario?

Nientefo – Dica!

Raminguez – Ho verificato l'indirizzo del teatro dove si sta rappresentando *Flagrante delirio*, coincide con quello del nostro commissariato.

Cul-de-sac – Ma questo significa che… siamo noi a interpretare la pièce in questo momento!

Franco – Come diceva Shakespeare… il mondo è un teatro, e tutti gli uomini non sono che attori.

Margherita – Un bel brindisi per il maestro di noi tutti!

Alzano i bicchieri.

Tutti – A Shakespeare!

Buio.

FINE DELLA COMMEDIA

Ottobre 2022

www.ingramcontent.com/pod-product-compliance
Lightning Source LLC
La Vergne TN
LVHW050620200726
843508LV00010B/1932